JEAN RICHEPIN

LE CHEMINEAU

DRAME LYRIQUE EN QUATRE ACTES

Musique de XAVIER LEROUX

Représenté pour la première fois,
sur la scène du Théâtre national de l'Opéra-Comique,
le 6 novembre 1907.

PARIS

LIBRAIRIE CHARPENTIER ET FASQUELLE

EUGÈNE FASQUELLE, ÉDITEUR

11, RUE DE GRENELLE, 11

1907

LE CHEMINEAU

EUGÈNE FASQUELLE, Éditeur, 11, rue de Grenelle, Paris

ŒUVRES DE JEAN RICHEPIN

Ouvrages publiés dans la **BIBLIOTHÈQUE - CHARPENTIER**
à 3 fr. 50 le volume.

POÉSIE

ROMANS

THÉÂTRE

Paris. — L. MARETHEUX, imprimeur, 1, rue Cassette. — 17820.

JEAN RICHEPIN

LE CHEMINEAU

DRAME LYRIQUE EN QUATRE ACTES

Musique de XAVIER LEROUX

Représenté pour la première fois
sur la scène du Théâtre national de l'Opéra-Comique,
le 6 novembre 1907.

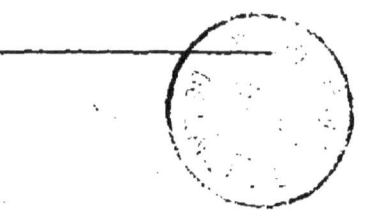

PARIS

Librairie CHARPENTIER et FASQUELLE

EUGÈNE FASQUELLE, ÉDITEUR

11, RUE DE GRENELLE, 11

1907

U. S. A. Copyright by Choudens, 1907.

Tous droits de reproduction, de traduction et de représentation réservés pour tous pays
y compris le Danemark, les Pays-Bas, la Suède et la Norvège.

IL A ÉTÉ TIRÉ DE CET OUVRAGE :

20 exemplaires numérotés sur papier de Hollande.

A
NOTRE AMI
ALBERT CARRÉ
EN TÉMOIGNAGE DE
RECONNAISSANTE
ET FIDÈLE
AFFECTION
J. R.   X. L.

PERSONNAGES

TOINETTE . . . . Mmes CLAIRE FRICHÉ.

ALINE . . . . MATHIEU-LUTZ.

CATHERINE . . . . { C. THÉVENET.

SYLVA.

LE CHEMINEAU . . . . MM. DUFRANE.

TOINET . . . . SALIGNAC.

FRANÇOIS . . . . J. PÉRIER.

MAITRE PIERRE . . . . VIEUILLE.

MARTIN . . . . CAZENEUVE.

THOMAS . . . . DELVOYE.

MOISSONNEURS, MOISSONNEUSES, PAYSANS,
PAYSANNES, ENFANTS.

LE CHEMINEAU

ACTE PREMIER

UNE CLAIRIÈRE A L'ORÉE D'UN BOIS

A droite, au premier plan, un talus couronné d'une haie ; au pied du talus, un feu de campagne en pierres sèches ; sur ce feu, une marmite ; auprès du feu, une grosse pierre moussue pouvant servir de siège.

A droite, au deuxième plan, quelques arbustes, à l'ombre desquels s'étend un tapis d'herbes formant un lit naturel.

A gauche, au premier plan, un gros tronc d'arbre renversé ; au deuxième plan, un grand chène dont les branches ombragent la clairière.

Au fond, à plusieurs plans jusqu'à l'horizon, champs de blés, les uns debout, les autres coupés et en moyes.

A l'horizon, coteaux plantés de vignes, et un village à tuiles rouges avec un clocher bourguignon. Ciel bleu incendié de soleil. Le plus chaud du jour de la moisson. Le rideau.

On voit Toinette occupée à soigner la soupe et à préparer les écuelles.

On devine à gauche les moissonneurs dont le travail est rythmé par la chanson du chemineau.

SCÈNE PREMIÈRE

LE CHEMINEAU, TOINETTE

LE CHEMINEAU

La Jeannett' s'en va-t-aux champs,
Coupe un' javell', coupe en marchant,

1

Un beau monsieur par là s'amène,
Lui dit : « J'voudrais ton étrenne. »
Coup' toujours et coupe encor !
Chaqu' javell' f'ra son tas d'or.

La Jeannett' dit au monsieur :
« Coupe un' javelle et coup's-en deux,
Quand mêm' tu s'rais l'filleux d'la reine,
Tu n'auras pas mon étrenne.
Coupe encore et coup' toujours !
Chaqu' javelle aura son tour. »

Le beau monsieur dit : « J'suis le roi,
Coup' deux javell' et coup's en trois,
Pour dev'nir rich', pour dev'nir reine,
Gna qu'à m'donner ton étrenne.
Coup' toujours et coupe encor !
Chaqu' javell' f'ra son tas d'or. »

TOINETTE

Ah ! ce chemineau, comme il chante !
Par lui la besogne s'enchante.
C'est le roi de la chanson,
C'est l'âme de la moisson.

LE CHEMINEAU

L'grand gas cogne et le roi trinq',
Coup' quat' javell' et coup's-en cinq,

TOINETTE, rêveusement.

Est-il Dieu possible qu'il m'aime !

LE CHEMINEAU

Viv' la Jeannett' qui n'fut pas reine,
Et moi qu'ai-zeu son étrenne.
Coup' toujours et coupe encor !
Chaqu' javell' f'ra son tas d'or.

(Pendant ce dernier couplet, que chante au loin à la cantonade
le chemineau, on voit venir par le fond à gauche François,
Thomas, Martin et les autres moissonneurs.)

SCÈNE II

FRANÇOIS, MARTIN, TOINETTE, LE CHEMINEAU, THOMAS

FRANÇOIS, entrant.

Ma foi, je suis las.

MARTIN, THOMAS, et les autres MOISSONNEURS.

Nous de même.

MARTIN

On a faim.

THOMAS

Et soif, s'il te plaît.

TOINETTE, les servant.

Voici les écuelles pleines.

(Les autres MOISSONNEURS se couchant.)

On a son sac au complet.

TOINETTE

Et pour oublier vos peines
Voici le barlet.

TOUS, en chœur.

Vivent les écuelles pleines !
Vive le barlet !...

FRANÇOIS, mangeant.

Crâne soupe !

MARTIN

Epaisse et grasse.

THOMAS, buvant.

Houm ! que c'est frais par où ça passe !

MARTIN

Quel bon somme on va faire après !

(A partir de ce moment, tous, peu à peu, se coucheront et s'endormiront.)

TOINETTE, à François, avec admiration.

Ah ! le Chemineau mène dur l'ouvrage.

FRANÇOIS, avec mépris.

Oui, quand un fainéant s'y met, c'est avec rage.

TOINETTE, s'écarte de lui, l'air boudeur.

Pourquoi parles-tu mal de lui ?

FRANÇOIS, se rapprochant d'elle.

En as-tu donc de l'ennui, ma gentille ?

TOINETTE, confuse.

Hélas ! oui.

FRANÇOIS

Prends garde, la fille !
Ces gens-là ne sont pas de la greffe à famille.

LE CHEMINEAU, très loin.

Coupe encore et coup' toujours !
Chaqu' javelle aura son tour.

FRANÇOIS, continuant avec sévérité.

Et tu te prends, je le vois,
A la glu de sa voix...

(Avec mélancolie et une tendresse contenue.)

Ah !... si tu savais, ma pauvre Toinette.

TOINETTE

Je sais, François, je sais...
Toi, brave, honnête,
Ayant quelques ramassés,
Plus d'une pour t'épouser te câline.
Moi je ne suis qu'une orpheline,
Et pourtant tu penses tout bas...

(Elle suspend sa phrase, confuse.)

FRANÇOIS, vivement.

A toi, oui donc, pour me mettre en ménage.

(Avec anxiété.)

Eh bien... ?

TOINETTE, après une hésitation.

Eh bien ! je ne peux pas.

FRANÇOIS, tristement.

A cause de mon âge.

TOINETTE, gentiment.

Non, vrai, ce n'est pas ça !

FRANÇOIS, montrant le fond à gauche.

A cause de lui qui passa ?

TOINETTE

Dame! toi, je t'estime ;
Puis-je t'épouser en l'aimant?

FRANÇOIS, avec une bonté rude.

Tu crois l'aimer seulement.
Quand tu seras ma légitime,
Tu ne songeras plus à lui,
Qui demain aura fui
Vers quelque amour nouvelle,
Comme il passe en chantant de javelle en javelle.

LE CHEMINEAU, à la cantonade plus près.

Coup' encóre et coup' toujours !
Chaqu' javelle aura son tour.

FRANÇOIS

Apprends donc, obstinée,
Si tu ne m'entends pas,
Que son refrain te dit ta destinée
Et qu'il te fauchera comme le blé fauché là-bas.

TOINETTE, avec terreur.

Non! non! pas ce mauvais présage !

FRANÇOIS, la pressant.

Alors, sois sage !...
Dis-moi que tu m'entends.

(Toinette s'écarte de lui comme avec horreur.)

LE CHEMINEAU, s'approchant.

L'grand gas cogne et le roi trinqu'.
Coup' quat' javell' et coup's-en cinq.
Viv' la Jeannett' qui n'fut pas reine,
Et moi qu'ai z'eu son étrenne!

1.

Coup' toujours et coupe encor !
Chaqu' javell' f'ra son tas d'or.

SCÈNE III

LE CHEMINEAU, TOINETTE, LES MOISSONNEURS

LE CHEMINEAU arrive par le fond, d'une allure vive et gaie.

Ohé ! les sans courage !
Ohé ! les endormis !...
On renâcle à l'ouvrage,
On boit sans les amis,
On s'emplit la bousille,
On courtise la fille,
Tandis que le bon drille,
Suant sous son chapeau,
Seul avec sa faucille,
A chanter s'égosille,
Comme un grillon qui grille,
Du soleil plein la peau.

TOINETTE a couru vivement prendre sous un buisson une gourde
qu'elle lui apporte.

Tiens, bois cette gourde plus fraîche.

THOMAS, réveillé.

Mâtin ! 'n te soigne.

LE CHEMINEAU boit avidement.

En effet.

TOINETTE

N'a-t-il pas plus que vous gorge sèche
A chanter tout le temps comme il fait ?...

LE CHEMINEAU, gaiement, s'arrêtant de boire.

Pas trop. J'en ai l'accoutumance,
Ainsi que les oiseaux des bois.
Quand j'ai fini je recommence,
Et c'est tout pareil quand je bois.

(Il se remet à vider la gourde.)
(Maître Pierre est entré par le fond de droite pendant les dernières paroles du Chemineau.)

SCÈNE IV

MAITRE PIERRE, FRANÇOIS, LE CHEMINEAU, LES MOISSONNEURS

MAITRE PIERRE, en s'avançant.

Bois à ton aise,
Bon chemineau.
Tu boirais un tonneau
Par ce temps de fournaise,
Je ne m'en plaindrais pas.
Plus tôt, doublant le pas,
Ma moisson sera faite.

FRANÇOIS

Ho! les gas, la faucille au poing !
Pour un qui manque on n'est pas en déroute.

(Ils le suivent vers le fond, à gauche.)

LE CHEMINEAU, pendant qu'ils s'en vont.

Le temps de casser la croûte,
On vou, rejoint.

(Il se met à manger hâtivement.)

MAITRE PIERRE, à voix basse.

Oui, reste ! Écoute.

(Il fait signe à Toinette de s'éloigner par la droite. Elle lui obéit
et sort en envoyant au chemineau un baiser, qu'il lui renvoie
derrière le dos de Maître Pierre.)

SCÈNE V

MAITRE PIERRE, LE CHEMINEAU

MAITRE PIERRE

Dis moi, bon chemineau,
Mon grand' taur blanc
Que tout le monde envie
Et qui râlait la mort au flanc,
Comment l'as-tu remis en vie,
Si fort, si beau,
Dis-le-moi, bon chemineau?

LE CHEMINEAU, à la fois goguenard et mystérieux.

Ho! ho! Ho! ho! Ho! ho! Ho! ho!
Tire lire la ou laire,
Tire lire la ou laire.
C'est mon affaire.
Oh! oh!

MAITRE PIERRE

Et mes brebis sans laine,
Tout mon troupeau perdu,
Avec quoi leur as-tu rendu
La toison pleine?

LE CHEMINEAU, même jeu, en sifflotant.

Hu! hu! Hu! hu! Hu! hu! Hu! hu!
La ou laire tire lire,
La ou laire tire lire,
Faut-il le dire.
Hu! hu.

MAITRE PIERRE

Oui, oui, dis-le-moi, mon ami.

LE CHEMINEAU, même jeu, riant.

Hi! hi! Hi! hi! Hi! hi! Hi! hi!
Ça se fait; point ça ne se dit.

MAITRE PIERRE

C'est donc des secrets de sorcier?

LE CHEMINEAU, grave.

Hé! hé! Hé! hé!

MAITRE PIERRE

Peux-tu me les vendre quand même?

LE CHEMINEAU

Non!... Je les donne à ceux que j'aime.

MAITRE PIERRE

Reste avec nous, tu m'aimeras.
Sois mon premier garçon de ferme.
Pour t'avoir, je te paierai gras.
Tiens! Par an, cent pistoles ferme.

LE CHEMINEAU

Cent pistoles ?

MAITRE PIERRE

Oui.

LE CHEMINEAU

C'est un tas.

MAITRE PIERRE

Alors, on fait « tope » hein? mon gas?

LE CHEMINEAU, même jeu que plus haut.

Ho! Ho! Hu ! Hu! Hi! Hi! Hé! Hé! Ah! Ah!

MAITRE PIERRE

C'est-à-dire?

LE CHEMINEAU

La ou laire tirelire!
La ou laire tirelire!
Malurette et maluré,
Malurette et maluré,
J'y réfléchirai.

(Le bousculant.)

En attendant, fais-moi place nette!
J'ai des choses à dire à Toinette.

(Allant vers la droite au fond et appelant.)

Eh! Toinette!

MAITRE PIERRE, à part.

Laissons-les. Elle a de l'attrait.
S'il pouvait en tenir pour elle, il resterait.

(Il s'en va par le fond à gauche.)

LE CHEMINEAU, à droite, appelant.

Eh! Toinette.

SCÈNE VI

TOINETTE, LE CHEMINEAU

TOINETTE, arrivant par le fond.

Il est parti ?

LE CHEMINEAU

Mais oui,
Ma douce.
Viens sur ce banc de mousse,
Viens près de moi, tout près,
Pour qu'à ton baiser frais
Ma joie en toi refleurisse.

TOINETTE

Non ; pas en ce moment.

LE CHEMINEAU

Quel est donc ton caprice ?

TOINETTE, s'asseyant, suppliante.

Te parler gravement.
O mon aimé, sois brave.

LE CHEMINEAU

Mais, Toinette, rien n'est plus grave
Qu'un gueux quêtant la charité.
Or, je la quête, en vérité.
Pourquoi me dire un non farouche ?
Pourquoi, méchante, refuser
A ce mendiant de baiser
L'aumône de ta bouche ?

(Tout en chantant, il l'a attirée sur sa bouche.)

TOINETTE, alanguie, puis mélancolique.

Ah ! tu sais, mieux que nos garçons,
Parler en mots jolis, cueillis dans tes chansons ;
Et mon cœur pris par ta voix tendre
Se grise au miel de les entendre.
Mais le vent qui va frivolant
Les emporte.

LE CHEMINEAU

S'il les emporte d'un vol lent,
Le reste, qu'importe ?
Laisse-toi, si la chanson te plaît,
Cajoler jusqu'au dernier couplet.

Profite du bonheur complet
Que le hasard t'amène.
C'est toujours ça de pris sur la misère humaine.

TOINETTE

Hélas ! c'est un bonheur qui ment
Que le nôtre.
Il va passer et j'en voudrais un autre
Qui dure éternellement.

LE CHEMINEAU

Par quel mystère ?

TOINETTE

Par celui qui réunit
Deux oiseaux dans un seul nid.
Ce bonheur-là, jamais il ne finit.
(Insinuante.)
On aurait son foyer, son coin de terre.
Mais d'où vient que tu souris?

LE CHEMINEAU

C'est de me voir les pieds pris
En vieux cheval à l'entrave ;
De voir l'oiseau libre et fol
Arrêter soudain son vol
Et s'enraciner au sol
Comme une rave.
Non, non, non, non, non, non,
Toinette, ma Toinon.
Demande-moi tout, le ciel et la terre,
Et de mettre une étoile à ton anneau ;
Mais ne demande pas au Chemineau
D'être propriétaire.

TOINETTE, interdite.

Pardon, pardon. J'avais tort de rêver ainsi.
Non, tu n'es pas fait pour rester ici.

Chacun doit suivre sa nature ;
La tienne, c'est d'être en chemin.
Mais emmène-moi par la main,
O mon beau coureur d'aventure !
Et j'irai n'importe où,
Mon bien-aimé, mon fou,
Si tu me laisses,mettre
Mes deux bras à ton cou,
O mon maître !

LE CHEMINEAU, grave et triste.

Hélas!... Hélas!... Ce serait te promettre,
Pour de bons moments trop de mauvais pas,
Trop de nuits sans lits, de jours sans repas,
Où le cœur se serre.
Moi, mon cuir est tanné par ce vent misère !
A toi, bouton de rose, il serait hasardeux.

TOINETTE, très tendre,

Non, mais brise d'avril, s'il souffle sur nous deux.

LE CHEMINEAU, s'alanguissant.

Jamais mots de tendresse pareille
N'ont plus doux caressé mon oreille,
Non, jamais.

TOINETTE

Tu pourras, de tendresse aussi tendre,
Tout le long de ta vie en entendre
Désormais.

LE CHEMINEAU, s'écartant brusquement.

O douceur lâche où je m'attarde !
J'en ai les pieds comme perclus.
Si tu ne pars pas seul, prends garde !
Tu ne partiras plus.

TOINETTE, le rejoignant.

Que dis-tu, seul, à voix basse ?

LE CHEMINEAU, troublé, se ressaisissant.

Que le temps passe,
Et qu'il faut là-bas ma chanson
Pour finir la moisson.

TOINETTE, gaiement, le poussant vers la gauche.

C'est vrai, paresseux, va vite !

(Elle se met à ranger les écuelles.)

Moi je range tout. Tra dé ri dé ra !

(Avec une joie d'enfant.)

Ce soir ensemble on partira.

LE CHEMINEAU, de loin, avant de disparaître.

Pauvre petite !

SCÈNE VII

TOINETTE, seule, rangeant.

Et dire qu'on l'avait traité
De vaurien éhonté !
Avec ce vaurien-là, moi, j'irai tête haute ;
Et pour lui j'ai fauté sans remords de ma faute.

SCÈNE VIII

MAITRE PIERRE, TOINETTE, LE CHEMINEAU,
à la cantonade.

MAITRE PIERRE, est revenu par le fond à gauche et a entendu
les dernières paroles de Toinette.

Alors il sera ton époux?

TOINETTE, fièrement.

Dame oui, notre maître, j'espère.

MAITRE PIERRE

Quel bonheur ! il reste chez nous,
Et voilà ma ferme prospère.

2

LE CHEMINEAU, au fond, à gauche, à la cantonade.

Coup' toujours et coupe encor!
Chaqu' javell' f'ra son tas d'or.

MAITRE PIERRE

Entends de quel cœur il moissonne
Et dans l'or de sa voix l'or de mon blé qui sonne.

SCÈNE IX

FRANÇOIS, MAITRE PIERRE, TOINETTE,
LE CHEMINEAU, à la cantonade.

FRANÇOIS, entrant par le fond à gauche.

Maître, tout est fait jusqu'au dernier brin
Et sans l'autre avec son refrain.

TOINETTE

Tu mens! Écoute.

LE CHEMINEAU, au loin.

Coup' encor et coup' toujours!
Chaqu' javell' aura son tour.

FRANÇOIS

C'est qu'il est gai de se remettre en route.

TOINETTE

Lui!... Mais il ne s'en va pas!

FRANÇOIS, montrant le fond à droite.

Regarde là-bas,
Passé le vieux saule,
Au bord du chemin,
Sa trique à la main,
Son sac à l'épaule.

TOINETTE, regardant.

Non, ce n'est pas lui!

MAITRE PIERRE, regardant aussi.

Si, le mauvais drôle,
C'est lui qui s'enfuit.

TOINETTE voulant courir vers lui.

Ah! Chemineau!

FRANÇOIS, la retenant.

Tais-toi.

TOINETTE, se débattant.

Laisse-moi
Qu'avec lui je m'en aille.

MAITRE PIERRE

Oui, laisse-la.

FRANÇOIS

Suivre cette canaille!

Non, jamais!...

TOINETTE, violemment.

Je l'aime, entends-tu!
Je suis sans honte et sans vertu,
Et pire encor qu'on ne suppose,
La sienne, as-tu compris, sa chose.

FRANÇOIS, la tenant toujours.

Ah! dis ce que tu veux pour m'emplir de chagrin,
Tu ne t'en iras pas avec ce malandrin.

TOINETTE

Si, si!

MAITRE PIERRE

Lâche-la donc. Tu vois bien qu'elle est folle.

TOINETTE, à genoux, puis vautrée à terre et sanglotant.

Là-bas,
Je veux aller là-bas.
Oui, je suis folle, folle, folle, folle, folle.
Les fous, on ne les guérit pas.

FRANÇOIS, la câlinant.

On les console.

LE CHEMINEAU, très loin.

Coup' encor et coup' toujours!
Chaqu' javell' aura son tour.

RIDEAU

ACTE DEUXIÈME

INTÉRIEUR DE PAYSAN A LA TRÈS HUMBLE AISANCE

A droite, au premier plan, âtre large et profond dans lequel on peut s'asseoir.

Près de l'âtre, un grand fauteuil de malade où François est assis, face au public. A sa gauche, un petit meuble bas, servant à la fois de table et de siège.

A gauche, au premier plan, porte et lucarne donnant sur la cour. En scène, grande table carrée sur laquelle Toinette repasse du linge.

Au fond, à gauche, haute armoire-buffet; au milieu, porte donnant sur la campagne; à droite, large fenêtre à cintre écrasé, garnie de rideaux de cotonnade; plus à droite, presque dans le coin de la chambre, horloge à gaine.

SCÈNE PREMIÈRE

TOINETTE, FRANÇOIS

TOINETTE, repassant et considérant François absorbé.

Toujours la tête basse,
A ruminer ton mal au coin du feu!...
Sois patient, mon homme, un peu!...
Le mal vient, le mal passe.

FRANÇOIS

A mon âge il ne fait plus grâce.
Ah! quand on s'épousa,
Voilà vingt ans de ça,
J'étais encor dur à la peine
Malgré ma cinquantaine.
Mais à présent, vieux et perclus,
C'est bien fini, je n'en peux plus.

Moi, jadis si plein de courage,
Rester là fourbu, c'est honteux.

TOINETTE, venant le choyer.

Bah! notre Toinet en vaut deux
Pour l'ouvrage.
Il t'y remplace aujourd'hui,
Le bon gas, et grâce à lui
Nous nous tirons d'affaire.
Toi qui nous donnas ce foyer,
Tu n'as plus besoin d'y rien faire.
C'est notre tour de t'y choyer.
Tu nous y choyais naguère.

FRANÇOIS, très tendrement.

Ah! notre cher fils, c'est pour lui, vraiment,
Que j'ai le plus de tourment.

TOINETTE

Pour lui?... Que veux-tu dire?

FRANÇOIS

Il est triste, et je n'en connais pas la raison.
(Avec attendrissement.)

Autrefois, notre maison
Se fleurissait de son rire;
C'était un soleil bienfaisant
Quand il ouvrait la porte;
Quand il rentre à présent,
C'est du noir qu'il apporte.
(Toinette fait des gestes de dénégation.)

Ne dis pas non! Je sais bien que si.
Il a du chagrin. Toi, sa mère, aussi.
Et de vous voir ainsi
Tous deux lugubre mine,
Voilà qui plus que tout me mine.

2.

Pour le garder si fort, votre secret,
C'est donc qu'il est bien grave et qu'il m'achèverait?

SCÈNE II

ALINE, FRANÇOIS, TOINETTE

(Aline entre brusquement et se jette en pleurant dans les bras de Toinette.)

ALINE

Ah! ma bonne Toinette!...

FRANÇOIS, se soulevant effaré.

Vous, ici!
La fille à Maître Pierre!
A l'homme qui me hait
Depuis qu'il n'est plus mon maître!
Et c'est ma femme qui dans ses bras la câline!

ALINE

Oh! pardon! mais je souffre tant!
Mon père à l'instant
Vient de tout connaître,
Et quand j'ai dit ne vouloir être
Qu'à celui que j'aimais,
Il m'a presque battue en criant : « Non, jamais! »

(Dans un sanglot.)

« Non, jamais. »

FRANÇOIS

Je dois rêver, croyant que je devine.
Vous aimez qui?

ALINE

Toinet.

FRANÇOIS, accablé.

Bonté divine!

TOINETTE

Tu sais maintenant pour quelle raison
Le deuil était dans la maison.

FRANÇOIS

Il fallait m'en instruire
Sitôt que tu l'appris.

TOINETTE, mélancoliquement.

C'est trop tard pour le dire
Quand les cœurs se sont pris.

FRANÇOIS

Où? Quand?

TOINETTE

Pourquoi chercher, mon homme?
Quand on s'aime, on ignore comme.

ALINE

Les bois ont des sentiers; l'église a des recoins.

TOINETTE

Mais ils pouvaient se joindre et mieux ils se sont joints.

ALINE

On avait plus de peine et partant plus de fête.

TOINETTE, avec une grande émotion.

Bref, quand le gas m'a dit la chose, elle était faite.

Ensemble.

ALINE

Nous étions engagés par les derniers aveux.

TOINETTE

Il ne me restait plus qu'à partager leurs vœux.

FRANÇOIS

Croire toi, comme cette innocente,
Que jamais Maître Pierre y consente,
N'est-ce pas fou?

TOINETTE

Je m'en disais autant;
Mais je suis mère et j'espérais pourtant!...

SCÈNE III

TOINET, FRANÇOIS, ALINE

(Toinet est entré sans être vu pendant la fin de la scène précédente.)

TOINET

Ah! vous aviez tort, ma mère, et j'en pleure.
Apprenez plutôt ce que tout à l'heure
Il vient de me dire en nous insultant.
Je rentrais des champs. Je le vois, je passe.

(D'une voix farouche, entrecoupée de sanglots.)

« Ecoute, Toinet, fait-il à voix basse,
Tes parents et toi vous êtes des gueux,
Si vous comptez qu'Aline

(Douloureux.)

soit tienne.

(Cruel et douloureux.)

Je l'aimerais mieux morte qu'avec eux.

(Avec dureté.)

Dis-lui qu'avec moi vite elle revienne,
Sinon, gare à vous!... J'ai votre secret!... »
Puis, plus bas encore et la bouche amère,
Dans un grincement qui me déchirait :
« Dis-leur bien ça, hein.

(Terrifié.)

Surtout à ta mère!... »

Je n'ai pas compris. J'ai soif de savoir.

(Toinette se prépare à parler.)

FRANÇOIS, lui imposant silence.

Tais-toi, j'ai seul, en somme,
Le droit et le devoir
De parler à cet homme.

(A Toinet, lui désignant la porte à gauche.)

Va dans la cour, mon gas.

(A Aline, en lui désignant la porte du fond, d'une voix grondante
de colère.)

Vous, rentrez de ce pas.
Dites à votre père
Que sous mon toit j'espère
Sa visite aujourd'hui ;
Ou que sinon chez lui
Je me ferai porter pour qu'il me satisfasse,
Et qu'on s'explique net, nous et lui, face à face !...

(Toinet et Aline lui obéissant s'en vont à pas lents, puis se
retournant sur le seuil.)

TOINET, du seuil.

Hélas ! nos pauvres amours,
On va leur casser les ailes !

ALINE, de même.

Ne crains rien pour nos amours
Si nos cœurs y sont fidèles.

TOINET

Au vent noir des mauvais jours,
Hélas !.. que deviendront-elles ?

ALINE

Si nous nous aimons toujours,
Nul ne pourra rien contre elles.
Après l'hiver les beaux jours !
(Avec émotion.)
Et bientôt, à tire-d'ailes,
Nous aurons de gais retours
Comme en ont les hirondelles.

ALINE et TOINET, ensemble.

Nous aurons de gais retours
Comme en ont les hirondelles.

(Ils sortent, elle par le fond, lui à gauche.)

SCÈNE IV

FRANÇOIS, TOINETTE

TOINETTE, câlinant François.

La fièvre est dans tes doigts,
Mon pauvre homme, regarde ;
N'en fais pas plus que tu ne dois,
Prends garde !
Attends demain, ce n'est pas long.
Demain, plus gaillard et d'aplomb,
Tu pourras le confondre ;
Mais, aujourd'hui,
Laisse-moi seule aller vers lui
Pour lui répondre.

SCÈNE V

MAITRE PIERRE, TOINETTE, FRANÇOIS

MAITRE PIERRE, entrant brusquement.

Alors, c'est vous qui m'en voulez?
Qu'avez-vous à dire? Parlez !

TOINETTE, humblement.

Maitre Pierre, je vous en conjure...

MAITRE PIERRE, insolemment.

Conjure ; mais, en attendant,
Tiens ta langue, c'est plus prudent.

FRANÇOIS, calme.

Pourquoi ce ton d'injure?...

MAITRE PIERRE, violemment.

Est-ce avec des mots enjôleurs
Qu'on fait la chasse aux voleurs ?

TOINETTE et FRANÇOIS, indignés.

Nous, voleurs !

MAITRE PIERRE, de plus en plus violent.

Oui, de ma fille,
Que vous attirez chez vous,
Afin qu'elle ait pour époux
Un va-nu-pieds qui nous pille.

(Vociférant.)

Pas tant que je vivrai, bon Dieu !...
Tenez, jouons plutôt franc jeu.
Moi, pour empêcher qu'on l'enjôle
Je ferai tout.

(A Toinette, terrible, en insistant.)

Tu m'entends? Tout.
Pour vous mater, vous et votre drôle,
J'irai, s'il le faut, jusqu'au bout.
Réglez donc votre conduite
Sur mes désirs obéis.

(Farouche, d'une voix rauque.)

Et décampez tout de suite
Du pays.

FRANÇOIS, outré, formidable.

Assez! Assez! Prenez la porte !
En voilà trop que je supporte.
Nous traiter en vaincus à genoux!
Et vouloir nous chasser de chez nous,
Comme si nous étions pour salir sa famille,
Et comme si mon fils ne valait pas sa fille !

MAITRE PIERRE, ironique.

Ah! ah! ah! ah ! Ton fils!...
Souviens-toi de jadis.

FRANÇOIS

Non! non, de rien, d'aucune histoire.
Ma Toinette a vécu de façon méritoire.

L'enfant est un saint du bon Dieu.
C'est mon gas, c'est mon fils, c'est mon fieu !
Je l'adore.

MAITRE PIERRE

Le secret qu'il ignore,
Si vous ne partez pas sans retard,
Je vais, moi, le lui apprendre,
Et qu'on ne prend pas pour gendre
Un bâtard.

TOINETTE

Pitié !

MAITRE PIERRE

Non ! Non ! Je le répète,
Je le crie à tue-tête :
C'est un bâtard ! bâtard ! bâtard !

FRANÇOIS, soulevé.

Ah ! lâche ! Et ne pouvoir, moi, debout, tête haute !...
Ah ! si mon poing le tenait !

(Il fait le geste d'étrangler et avance à pas saccadés vers
Maître Pierre, qui recule et qu'il prend à la cravate.)

Je... Je... Ah !...

(Il tombe comme une masse avec un grand cri aux pieds de
Maître Pierre.)

TOINETTE, s'agenouillant près de lui.

Mon Dieu !

MAITRE PIERRE, se sauvant.

Tant pis, c'est sa faute.

TOINETTE, affolée, courant vers la porte de gauche.

Toinet !... Au secours ! Toinet !...

RIDEAU

ACTE TROISIÈME

UN CARREFOUR SUR LA GRAND'ROUTE

A droite, au premier plan, une auberge avec une enseigne ; et devant la porte, une table et trois chaises.

A gauche, au premier plan, faisant face à l'auberge, une remise; et devant la porte, un billot de bois pour poser la provende des chevaux.

Au fond, au milieu, à l'entre-croisement des deux routes (qui s'enfoncent en diagonale, l'une à droite, l'autre à gauche), un poteau indicateur.

Du poteau à l'horizon, champs labourés.

A l'horizon, même paysage qu'au premier acte.

SCÈNE PREMIÈRE

THOMAS, MARTIN, CATHERINE

(Martin et Thomas sont attablés à l'auberge et servis par Catherine.)

MARTIN

Vous n'avez pas l'air gai,
Ta femme ni toi!...

CATHERINE

Ah! pauvres gens, quelle tristesse!...
François, frappé d'un coup de sang!...
Et leur gas à présent,
Qui depuis un mois, pour noyer sa peine,
D'auberge en cabaret se traîne.

(Dans le fond, à droite, arrive, titubant, hirsute, débraillé, les yeux hagards, le geste vague, Toinet.)

3

SCÈNE II

THOMAS, MARTIN, CATHERINE, TOINET

THOMAS, apercevant Toinet.

Tiens, justement le voici.

CATHERINE, avec pitié, le regardant.

Lui, jadis, si beau si brave,
Le voir ainsi, les yeux creux, ce teint de rave !
Un vrai fantôme !... Pauvre gas !...

(Toinet fait un pas, se dirige vers la gauche, mais d'une marche
indécise, et comme allant au hasard.)

THOMAS, parlé.

Et ! Toinet où vas-tu ?...

TOINET, dans l'hébétude, s'arrètant.

Sais pas !...
Là-bas !... Là-bas !... Là-bas !...
Vers l'ivresse noire
Où de la mémoire
Les chagrins s'en vont,

(Il est arrivé en scène à gauche près de la remise ouverte.)

Puisqu'on y fait taire
Leurs cris qu'on enterre
Dans un trou sans fond !...

CATHERINE, avec douceur, lui montrant la remise.

Si vous dormiez un bon somme ?
Là ! C'est frais, calme, obscur,
Vous y seriez comme chez vous, tout comme.

TOINET

Oh! mieux! Bien mieux! pour sûr !...

Chez nous, tout marche à la malheure.
On n'y dort plus.
Le père, jusqu'au cerveau, perclus!...
La mère qui pleure, pleure, pleure!...
Et moi, lâche! lâche! lâche! lâche et mauvais,
Qui pour boire et boire m'en vais!...

(Déchirant et douloureux.)

Oh! dormir, dormir!... Rien qu'une heure!...
Si je pouvais!

CATHERINE, le poussant vers la remise.

Ici, vous pourrez. Laissez-vous faire.

(Poussé par elle, il y entre en sanglotant, et elle l'y suit.)

SCÈNE III

THOMAS, MARTIN

THOMAS

Eh! Martin, tu n'es plus joyeux?...

MARTIN, pleurant.

Non, Thomas, et j'en ai les yeux
Qui mettent de l'eau dans mon verre.

THOMAS

Martin!...

MARTIN

Thomas!

THOMAS

J'en fais autant.

MARTIN

Thomas!

THOMAS

Martin!

MARTIN

Ah! quelle histoire!...

THOMAS

Ça n'est pas gai!...

MARTIN

C'est attristant.

THOMAS

Et pas encourageant à boire !

MARTIN

Thomas !

THOMAS

Martin !

MARTIN

Veux-tu m'en croire ?

THOMAS

Je veux, Martin !

MARTIN

Eh bien ! Thomas,
Buvons quand même.

THOMAS, prenant son verre.

Voire !

MARTIN, même jeu.

Voire !

THOMAS, portant son verre à la bouche.

Buvons !...

MARTIN, même jeu.

Buvons !...

(De plus en plus lugubres, ils reposent leurs verres sur la table
sans avoir bu.)

MARTIN

Je ne peux pas !...

Ensemble

THOMAS

Je ne peux pas !...

(Ils recommencent à se regarder d'un air lugubre en s'essuyant
les yeux avec leur manche.)

SCÈNE IV

LE CHEMINEAU, MARTIN, THOMAS

(Du côté gauche, à la cantonade, arrive, encore lointain, mais se rapprochant peu à peu, la voix du Chemineau qui chante en marchant d'un
pas allègre.)

LE CHEMINEAU, à la cantonade, en pleine voix.

Chantez mitaine,
Et répondez miton,
A la fontaine
On y boira, fiston,
Un coup d'pictaine,
Et ti ton taine,
Un coup d'pictaine,
Un coup d'picton !...

MARTIN, se levant.

Ah! quelle aubaine!
Celui-là nous change de ton.

LE CHEMINEAU, à la cantonade plus près.

Chantez mitaine,
Et répondez miton,
A la fontaine
On y boira, fiston,
Deux coups d'pictaine,
Et ti ton taine,
Deux coups d'pictaine,
Deux coups d'picton !...

MARTIN, avec admiration.
Mâtin! Quel vent dans sa poitrine!...

THOMAS, vers la remise appelant d'une voix forte
Il doit avoir soif!... Catherine!...

3.

SCÈNE V

CATHERINE, THOMAS, LE CHEMINEAU, MARTIN

(Catherine sort de la remise, qu'elle referme et accourt.)

CATHERINE

Quoi?...

THOMAS, lui tendant le pichet.

Prends la bouteille, et ris en versant,
De ta bouche en fraise qui saigne ;
C'est la meilleure enseigne
A montrer au passant.

(Martin s'est rassis en face de Thomas. Ils tendent leurs verres
à Catherine, qui, tournée de profil, tient la bouteille en l'air,
prête à verser et le sourire aux lèvres.)

LE CHEMINEAU, à la cantonade, encor tout près.

Chantez mitaine
Et répondez miton,
A la fontaine
On y boira, fiston.

(Il paraît à gauche, et traverse vivement le fond, sans voir le
groupe, car il se dirige vers le poteau indicateur des chemins.)

Trois coups d'pictaine,
Et ti ton taine,
Trois coups d'pictaine,
Trois coups d'picton.

CATHERINE, déçue, avec mépris.

Bouh! Un chemineau! J'ai ri pour des pommes!...

THOMAS, se levant.

Ils ont des sous parfois.

(S'avançant,)

Eh!... l'homme!...

LE CHEMINEAU, se retournant.

Quoi! les hommes?

THOMAS

On n'a pas soif?

LE CHEMINEAU

Si, mais, tu vois,

(Retournant ses poches vides.)

Plus de soif que de sommes.

THOMAS, renfrogné.

Ah!

LE CHEMINEAU, le rejoignant.

Alors?

THOMAS, de plus en plus renfrogné.

Alors?... Rien!... Voilà!

(Martin, Thomas et Catherine font semblant de ne plus voir le chemineau).

LE CHEMINEAU, se rapprochant de la table.

Combien la bouteille, ce petit vin-là?

CATHERINE

Dix sous!

LE CHEMINEAU, sifflant, puis goguenard.

Pft! Et la politesse

Sans doute, avec?

CATHERINE, méprisante.

Quelle?...

LE CHEMINEAU, gaiement.

De se torcher le bec

A celui de l'hôtesse.

THOMAS, debout et furieux.

Dis donc, Chemineau!

LE CHEMINEAU, railleur et de haut.

Quoi donc, las d'enfler?...

THOMAS

T'as le nez bien haut!

LE CHEMINEAU, flairant vers le pichet.

Pour mieux renifler.

CATHERINE, serrant la bouteille contre elle.

Pas mon vin, toujours!

LE CHEMINEAU

Mais si, la bourgeoise.

(Tournant autour d'elle pour prendre la bouteille.)

Lui comme toi, je parierais
Que tous les deux vous fleurez frais
La fraise et la framboise.

(Il la prend par la taille et se met à la faire danser en chantant,
tandis que Thomas court après eux, et que Martin danse, au
rythme de la chanson du Chemineau.)

Cueillera, cueillerai,
La fraise et la framboise!
Cueillera, cueillerai,
Je les cueille à mon gré,
Et dans mon vin je les écrase,
Ah! cueillera, je la cueille, cueillerai
La fraise et la framboise.

(Le Chemineau termine la ronde en embrassant Catherine.)

MARTIN, se tapant sur les cuisses.

Ah! le bon drille, mes enfants !
En sa faveur, moi, je me fends
De la soupe qu'il a gagnée.
Oh! Catherine, et bien soignée,
Puisqu'il a chassé mon chagrin!...

THOMAS, à Catherine qui hésite.

Tu peux.

(Catherine entre dans la maison.)

Un payeur premier brin.

MARTIN, tendant la bouteille au Chemineau.

En attendant, bois, boute-en-train.

(Le Chemineau prend la bouteille et se met à boire à même, lentement, dans l'attitude qu'il avait au premier acte en vidant la
barlet. Martin la considère avec admiration.)

Bravo, la gueule goguelue!

Ah ! ça voyons ! J'ai la berlue !...
Plus je le regarde !...

(Reconnaissant le Chemineau.)

Mais oui !
On n'en fait pas deux comme lui.

(Bas, à Thomas.)

Thomas !

THOMAS, même jeu.

Martin !

MARTIN, même jeu.

Écoute !

(Il lui parle à l'oreille, en désignant le Chemineau qui continue toujours à boire lentement, vidant la bouteille. Thomas le considère, le reconnaît à son tour. Tous deux, par gestes, en montrent leur joie.)

LE CHEMINEAU, retournant la bouteille vide et s'essuyant les lèvres de la main.

Bu !... Jusqu'à la dernière goutte.

MARTIN, lui tapant amicalement sur l'épaule.

Dis donc ? On s'est connu, nous et toi, dans les temps.

THOMAS, même jeu.

Voilà vingt ans passés.

LE CHEMINEAU, reposant le pichet.

Diable ! Vingt ans !...

(S'asseyant à la table.)

J'en ai fait depuis sur ma route,
Des pas, des pas, encor des pas !...

MARTIN

Mais tu nous reconnais ?

LE CHEMINEAU

Non pas.

MARTIN

Voyons, souviens-toi !... C'est là, dans la plaine,
Que tu chantais à perdre haleine.

LE CHEMINEAU

Je ne me souviens pas. Ma mémoire est trop pleine,
J'en chante partout, des chansons.

THOMAS

Tu coupais les blés avec nos garçons.

LE CHEMINEAU

Je ne me souviens pas. J'ai fait tant de moissons !

MARTIN

Mais si, souviens-toi !... C'était la Toinette...

LE CHEMINEAU, se levant brusquement.

Ah ça ? Je me souviens. C'est différent.

(Avec regret et poésie.)

Car j'ai connu par le monde, en courant,
Plus d'une fille, ou blondine ou brunette ;
Mais jamais à son gré
Mon cœur a rencontré
La pareille à Toinette.

(Allant un peu vers le fond et regardant le paysage.)

Ici !... c'était ici !
Oui !... oui ! Je reconnais l'endroit.

(Les regardant.)

Et vous aussi.

(S'écartant d'eux prêts à parler, et dans une rêverie mélancolique.)

Oh ! la claire image qui tremble
Au fond de mon ciel obscurci !
Doux rêve auquel nul ne ressemble
Parmi tous mes rêves perdus !

MARTIN

A quoi penses-tu ?

THOMAS

De triste, il me semble ?...

LE CHEMINEAU, tristement.

Je pense aux blés coupés, que nous coupions ensemble.

MARTIN

Ah ! dame ! c'est lointain !

THOMAS

Vingt-deux ans révolus !

LE CHEMINEAU, même jeu, s'asseyant.

Des blés comme ceux-là, je n'en couperai plus.

(Il s'assied, le front dans sa main, et s'absorbe dans ses souvenirs
que Martin et Thomas n'osent troubler. Après un temps, il les
interroge d'une voix hésitante et angoissée.)

LE CHEMINEAU

Et Toinette ?... Elle vit j'espère ?

(Tous deux, de la tête, font signe que oui. La joie illumine le
visage du Chemineau, qui reprend ensuite avec inquiétude.)

Heureuse ? Un sort prospère ?

MARTIN

C'est vrai, tu ne sais rien, depuis le temps !
Mariée !...

LE CHEMINEAU, en un soupir douloureux, puis se reprenant.

Ah ! Depuis longtemps ?

THOMAS

Depuis le premier des vingt ans
Que loin d'ici tu te promènes.

MARTIN

Ça s'est fait deux ou trois semaines
Après les blés coupés et toi parti.

LE CHEMINEAU, courageusement.

Bien mariée?

THOMAS

Un bon parti.

MARTIN

François.

LE CHEMINEAU

Je me rappelle! Un pas jeune, économe;
L'air rude, mais, au fond, brave homme;
Elle a dû près de lui vivre heureuse, en effet;

(Avec mélancolie.)

Plus heureuse qu'avec un autre.

(Energiquement.)

Elle a bien fait.

THOMAS

Sans compter que si Maître Pierre...

MARTIN

S'était montré d'humeur moins fière...

THOMAS

Leur fils...

LE CHEMINEAU, suffoqué.

Ils ont un fils?

MARTIN, vivement.

Subtil.

THOMAS, même jeu.

Bon travailleur.

MARTIN, même jeu.

Gentil.

THOMAS, même jeu.

Robuste!...

LE CHEMINEAU, brusquement.

Quel âge a-t-il?

MARTIN

Je ne sais trop au juste.
Vingt et un ans je crois.

THOMAS

Du tout, dans les vingt-trois.

MARTIN

Vingt-deux, pas davantage!

LE CHEMINEAU, debout, troublé au dernier point.

Voyons! je suis fou! Cet enfant... Cet âge!...
Mais alors?... Quelle idée, oh! non! non!... Et pourtant!...

MARTIN

A quoi penses-tu donc?

THOMAS

D'encor plus attristant?

LE CHEMINEAU, avec une lyrique amertume.

Je pense aux blés coupés qui ne sont pas les nôtres
Et dont les épis mûrs font du pain pour les autres.

SCÈNE VI

CATHERINE, THOMAS, MARTIN

CATHERINE, sortant de la maison.

C'est prêt.

LE CHEMINEAU, à Thomas et Martin.

Dites-moi, ce gas?...

THOMAS, le poussant vers la maison.

On te dira tout, à table.

MARTIN

Devant le vin délectable.

4

THOMAS

Et la soupe qui n'attend pas.

MARTIN, poussant le Chemineau dans la maison.

A table !

THOMAS, même jeu.

A table, à table !

MARTIN et THOMAS

A table !

SCÈNE VII

CATHERINE, seule. Elle va entr'ouvrir la porte de la remise où elle regarde un instant.

Il dort toujours, Dieu merci !
Mais sombre ! Et la bouche amère !...

(Revenant en scène.)

Ah ! pour sa mère,
Que de souci !

SCÈNE VIII

CATHERINE, TOINETTE

TOINETTE, à la cantonade, au fond, à droite, d'une voix lointaine.

Toinet !

CATHERINE, ne sachant pas si elle a bien entendu.

Je fais erreur, sans doute !

TOINETTE, même jeu que plus haut, moins loin.

Toinet !

CATHERINE, allant au fond et regardant vers la droite.

Mais, si!...

Oui, là-bas, sur la route. C'est elle!...

(Appelant à voix forte vers le fond, à droite.)

Ici!

Ici!... Venez! Il est ici.

(Arrive en courant, Toinette, essoufflée, nu-tête et les cheveux
déroulés. Catherine la reçoit dans ses bras. Toinette se laisse
tomber assise sur la chaise, avec accablement.)

Reposez-vous là, ma bonne Toinette.

TOINETTE, se recoiffant, confuse.

J'ai l'air d'une folle, à courir ainsi,
Les cheveux au vent, le front sans cornette.
Mais, que voulez-vous, c'est plus fort que moi.
Quand la nuit se passe après la journée,
J'ai le cœur qui saute, et l'âme étournée,
Et je pars, je cours, en le réclamant,

(D'une voix couverte de larmes et de sanglots.)

Sans voir où je vais, ni savoir comment.

CATHERINE, avec douceur.

Ne soyez plus inquiète ;
Il dort là! Calme. Rentré.

(La conduisant vers la remise.)

TOINETTE, après avoir regardé dans la remise.

Hélas! par terre! Vautré,
Lui, mon gas, comme une bête.
Ah! n'est-ce pas affreux,
Une honte pareille?

(Résistant à Camille qui veut l'emmener vers la maison.)

J'attendrai cependant près de lui qu'il s'éveille.
Le malheureux!

C'est mon fils, voyez-vous, quand n̄me ;
Mon petit, que j'aime et qui m'aime.

(Elle entre dans la remise, dont Catherine referme la porte.)

SCÈNE IX

CATHERINE, seule, tristement.

Et dire qu'on y peut rien !...
Attendrir Maître Pierre,
Ce cœur de pierre...
Par quel moyen?

SCÈNE X

THOMAS, CATHERINE, MARTIN

(Les trois hommes sortent de la maison, d'abord Thomas et Martin qui
se dirigent vers le fond à droite, puis le Chemineau qui vient s'asseoir,
l'air sombre, sur le billot.)

THOMAS

Femme, on s'en va nous deux.

(Montrant le Chemineau.)

Lui, reste.
Le temps que Toinet achève sa sieste.

CATHERINE

Pourquoi?

MARTIN

Pour lui parler.

THOMAS

C'est promis.

MARTIN s'en allant.

Au revoir !

(Thomas et Martin sortent par le fond à droite.)

THOMAS

Au revoir !

LE CHEMINEAU

A tantôt, les amis !...

SCÈNE XI

CATHERINE, LE CHEMINEAU

(Pendant toute la scène suivante, le Chemineau, assis, reste pensif, absorbé, et même quand il répond semble réfléchir à autre chose.)

CATHERINE

Tu connais donc François ?

LE CHEMINEAU

Sans doute.

CATHERINE

Et Maître Pierre ?

LE CHEMINEAU

Aussi !

(Il l'interrompt du geste au moment où elle s'apprête à l'interroger de nouveau.)

Je sais tout... Alors ici,
Maître Pierre, on le redoute ?

CATHERINE

Oh ! oui... Oui !... Mauvais tout plein !

LE CHEMINEAU, ironique.

Il n'est pourtant pas malin.

CATHERINE

Et toi, tu l'es ?

LE CHEMINEAU

Je suppose.

CATHERINE, avec vivacité

Eh ! bien, trouve donc quelque chose
Pour tirer Toinet du tracas.

LE CHEMINEAU

Peut-être!... Ça dépend. Quand j'aurai vu le gas.

CATHERINE

Si tu voyais sa mère aussi?...

LE CHEMINEAU, tressaillant et vivement.

Non, je préfère

Ne pas la voir.

CATHERINE, s'approchant

Pourquoi?

LE CHEMINEAU, se détournant, sombre.

C'est mon affaire.

CATHETINE, éloignée de lui et à part.

Tiens! tiens! Eh bien! tu la verras. Mais si!
Ça rend parfois des services,
Ces gueux-là, pétris de vices,
Sorciers sentant le roussi.
Si Maître Pierre avait aux jambes celui-ci!....
Ma foi!... risquons le coup, n'importe!

(Venant frapper sur l'épaule du Chemineau.)

Chemineau! Là, derrière cette porte,
Dort Toinet.

(Geste effaré du Chemineau.)

Parle-lui, tu peux.
Je vais, moi, dans ma grange.
Vous causerez seuls tous les deux,
Sans que nul vous dérange.

(Le Chemineau est resté figé dans son attitude d'effarement, les
regards braqués fixement vers la porte de la remise.)
(Catherine s'en va lentement par la gauche, derrière la maison,
en montrant toujours du geste la porte de la remise.)

SCÈNE XII

LE CHEMINEAU, seul.

(Après un temps, le Chemineau se dirige vers la porte de la remise,
d'un pas lent et saccadé, comme un somnambule. La main sur le
loquet au moment d'entrer, il recule.)

Voilà que j'ai peur de le voir.
Si c'était mon enfant!... Savoir!
Mon enfant! A moi! Non! mensonge!
A moi, le vagabond joyeux!
Alors, d'où vient, lorsque j'y songe,
Ce flot de larmes dans mes yeux?...
Oh! quel rêve. Un enfant! Un être
En qui l'on sent qu'on va renaître!
Oui! ça doit parfumer le cœur!

(S'arrachant à ce rêve, et revenant vers la table.)

Allons, vieux fou, bois la rancœur
De tes chimères délirantes!...

(Avec un désespoir lyrique.)

Les nids ne sont pas faits pour les bêtes errantes.
Quand même ce serait ton gas,
Etre un père, tu ne peux pas!

(Prenant son chapeau et son bâton, il va jusqu'au poteau où il
ramasse son baluchon qu'il jette sur son épaule.)

Va, suis ton destin! Chemineau, chemine!

(Il fait quelques pas vers la droite au fond, puis jette par terre
son baluchon, son bâton et revient en scène avec énergie.)

Non! non! Tu n'es qu'une vermine
De vouloir fuir... Tu dois le voir.
Enfin, tu sais ton devoir,

Et, si fort qu'il te tenaille,
Tu vas le remplir, cette fois, canaille !

(Se prenant à deux poings par le collet et comme s'il se traînait
lui-même de force vers la porte de la remise.)

SCÈNE XIII

LE CHEMINEAU, TOINETTE

LE CHEMINEAU, ouvrant brusquement la remise.

Toinet !

(Il recule effaré.)

Elle !

(Toinette apparaît, de dos, regardant vers le fond de la remise,
puis en refermant la porte.)

TOINETTE, se retournant, stupéfaite.

Toi !

(Elle s'écroule sur le billot de bois.)

Toi ! D'où sort ce revenant ? Pourquoi ?
Pour quel nouveau martyre,
Après tout le mal qu'il m'a fait ?
Parle ! Tu n'as donc rien à dire ?

LE CHEMINEAU, humble, puis brave.

Rien, Toinette, en effet,
Sinon, que ce pauvre être
T'a fait du mal sans le savoir,
Mais pour le réparer, veut te promettre
De remplir son devoir.

TOINETTE, désespérément.

Va ! Le mal est irréparable !
Ah ! si tu connaissais notre sort misérable !

LE CHEMINEAU, simplement.

Je le connais. On me l'a raconté.
Je passais. Je suis resté.

TOINETTE, toute attendrie.

Ah! pour ce mot si brave et l'espoir qu'il me donne,
Mon Chemineau, je te pardonne.
T'en ai-je, nélas! jamais voulu?
Même, au plus noir de ma détresse,
Je me disais avec tendresse :
Quand l'oiseau se sent pris à la glu,
Effaré, l'œil hagard, l'aile folle,
Au hasard, brusquement, il s'envole
Vers le ciel grand ouvert devant lui ; -
C'est ainsi qu'oiseau libre et sauvage,
S'affolant à l'horreur d'être en cage,
Mon aimé loin de moi s'est enfui.
Ah! pour t'excuser de la sorte,
Avec quelle foi douce et forte
Mon cœur au tien s'était donné !
Si forte, qu'ayant pardonné,
Tout de même j'en serais morte
Si notre fils n'était pas né !

LE CHEMINEAU, suffoquant, le regard vers la remise.

Notre... Mon fils.

TOINETTE

Il te ressemble.

Tu verras.

LE CHEMINEAU, avec passion.

Tout de suite! Ensemble.

(Sur un geste suppliant de Toinette qui le retient.)

Oh! ne crains rien!... Pas un mot qui pourrait
Lui révéler notre secret!
Mais le voir! Le voir au plus vite!

Rallumer la joie en ses yeux !
Ça, je le puis ; ça, je le veux.
Moi, le vieux boute-en-train qu'on invite,
Pour dérider les fronts soucieux,
Si mon métier est d'être joyeux,
C'est bien le moins, vingt dieux !
Que mon gas en profite.

(Il court à la porte de la remise, l'ouvre, et à partir de ce
moment jusqu'à la fin de l'acte s'exalte de plus en plus d'un
mouvement fiévreux. avec une joie forcée, des sanglots étouffés
par du rire et comme s'il voulait rouler Toinet, Toinette et lui-
même dans un tourbillon.)

Ohé ! Toinet ! ohé !... du gas !
Quand finira ton somme ?
Réveille-toi !... N'entends-tu pas
Qu'on te sonne le branle-bas?

SCÈNE XIV

TOINET, LE CHEMINEAU

TOINET, sortant de la remise, à sa mère.

Quel est cet homme ?

LE CHEMINEAU, avec une émotion intense.

Un qui vient de là-bas !...
Un ami d'avant ta naissance.

(Dans les sanglots et les rires.)

Donc, en pays de connaissance !
Embrassons-nous.

(Même jeu de Toinet. Le Chemineau embrasse Toinet dans une
longue étreinte où il étouffe des sanglots de joie.)

LE CHEMINEAU, même pantomime pour la seconde étreinte.

Encore un peu.

(Se reculant pour admirer Toinet.)

Ah! quel beau fieu !
Mais pourquoi cet air Nicodème?
Je le sais, ton Aline t'aime.
Et toi, ce que tu ne sais pas,
C'est que j'espère,
Son mauvais père,
Le mettre au pas.

(Toinet rit d'un large rire épanoui.)

Ça te fait rire ?
Tantirelire !
Puisque tu ris
La chose est faite.
Allons, en fête,
Les yeux fleuris,
Toinet, Toinette,
Le cœur content,
Faites comme
Le bonhomme
Qui mène tout en chantant.

(Il l'entraîne en gambillant et chantant parmi les larmes, suivi de
Toinette extasiée.)

LE CHEMINEAU, riant et pleurant à la fin.

Chantez mitaine,
Et répondez miton,
A la fontaine,
On y boira, fiston,
Un coup d'pictaine,
Et ti ton taine,
Un coup de picton.
Un coup d'picton.

RIDEAU

ACTE QUATRIÈME

MÊME DÉCOR QU'AU DEUXIÈME ACTE

Dans le grand fauteuil, faisant face maintenant à l'âtre où
rôtit une oie. François est assis vu de trois quarts, presque
en profil perdu.

A la gauche de son fauteuil, une chaise basse.

Le centre de la pièce est occupée par la table garnie de
dix couverts, sans les chaises, sauf deux, une à gauche, une
à droite; la table est déjà servie à peu près.

L'horloge haute marque onze heures et quelques minutes.

SCÈNE PREMIÈRE

TOINETTE, ALINE, FRANÇOIS, TOINET

(Toinette, Aline et Toinet s'occupent à mettre la table.
François est dans son fauteuil, tourné vers le feu.)

TOINETTE

Ah! voilà trois mois, qui l'eût cru,
Que vous seriez sitôt ma bru,
Et que chez nous, ma chère fille,
On fêterait la Noël en famille?

(Allant câliner François et lui arrangeant la tête sur son oreiller.)

Mon pauvre homme, quoique endormi
Toujours à demi,
En aura quand même une douceur brève
Comme dans un rêve.

ALINE

Pendant la messe de minuit
Qui veillera sur lui?

SCÈNE II

LES MÊMES, LE CHEMINEAU

(Le Chemineau blanc de neige est entré avant la fin
de la scène précédente.)

LE CHEMINEAU

Moi, parbleu! Qui donc en doute?
C'est pour ça que tout exprès
J'ai d'abord sur la grand'route
Empli mes poumons d'air frais.

TOINET, avec une pointe d'ironie.

Et de neige aussi, me semble?

LE CHEMINEAU, avec une douce poésie.

Oui, mais la neige neigeant,
C'est beau, petit : ça ressemble,
Tournoyant et voltigeant
D'une aile blanche qui tremble,
A des papillons d'argent.
        (D'un ton passionné.)
Ah! ma grand'route! sur elle,
Tout n'est-il pas beau toujours!
        (Avec amertume.)
Hélas! voilà tantôt cent jours
Que pour vous et pour vos amours
J'ai cessé d'être son fidèle!
        (Tristement)
Elle s'en plaint aux noirs instants
Où, triste et seul, je rêve d'elle ;

5

Et je l'entends, ma pauvre belle,
Qui me rappelle notre bon temps,
Le temps où dans une demeure
Je n'étais pas pris à leurs glus,
Le temps qui ne reviendra plus
Et que je pleure.

(Il se laisse en sanglotant choir sur une chaise, près de la table.)

SCÈNE III

LES MÊMES, MARTIN, THOMAS, CATHERINE, LES CHŒURS

(Après un temps où tous se taisent embarrassés, on entend
derrière la porte des voix appelant.)

MARTIN, frappant à la porte.

Harné! Harné! les amis!

THOMAS, ouvrant la porte.

Peut-être ils sont endormis.

CATHERINE

Oubliez-vous la promesse
D'être ensemble au dominé?

(Les voisins et voisines arrivent et se groupent au dehors devant
la porte d'entrée du fond.)

CATHERINE, MARTIN, THOMAS et les CHŒURS, ensemble.

Harné! Harné! Pour quand est-ce?
Le premier coup de la messe
A déjà carillonné.
Harné! Harné! Pour quand est-ce?
Harné! Harné! c'est sonné.

(Ils s'en vont par la gauche.)

SCÈNE IV

LES MÊMES, MOINS THOMAS, MARTIN, CATHE-RINE ET LES CHŒURS

(Pendant que le chœur chantait, Toinet a vite mis sa limousine et son bonnet fourré. Toinette et Aline mettent leurs capelines et leurs mantes.)

TOINET, entraînant Aline.

Ho! maman! Faut pas qu'on lanterne.

ALINE, déjà dehors, à Toinette. — Ils s'en vont, elle et Toinet, par la gauche.

Vite! vite! On vous attend.

SCÈNE V

TOINETTE, LE CHEMINEAU

TOINETTE, vers la droite en allumant la lanterne.

J'allume la lanterne.

LE CHEMINEAU, se retournant.

Ne reste donc pas tant.
Tu les fais geler en restant.

TOINETTE, rentrant un peu.

Tu les aimes donc?

LE CHEMINEAU, bourru.
Mais sans doute.

TOINETTE

Et tu les quitterais, mauvais,
Pour ta grand'route!
Non, bien sûr. Aussi je m'en vais
Sans avoir l'âme en peine.
Tu ne partiras plus, j'en suis certaine!

(Elle sort par le fond.)

SCÈNE VI

LE CHEMINEAU, seul.

LE CHEMINEAU, toujours assis.

Hélas! Je crois qu'elle a raison.
Elle, et les enfants, et le vieux lui-même,
Et jusqu'à la maison,
Hélas! oui, je les aime!

SCÈNE VII

LE CHEMINEAU, LES LUGNOTS à la cantonade.

(Le Chemineau est absorbé dans ses pensées. De loin, à droite, vient, comme un murmure, le chant presque indistinct des Lugnots.)

Lugnots, lugnots, la part à Dieu!
Les petiots vous la demandent.
Vous qu'avez trop, donnez un peu
A ceux qui n'ont ni pain, ni flambe.
S'il vous plaît, la part à Dieu!

SCÈNE VIII

LE CHEMINEAU, seul.

Ah! ce sont, par le village,
Les petits lugnots quêtant.

(Avec mélancolie.)

J'en faisais autant à leur âge.
Et c'est de là qu'un jour m'est venu
Le goût du libre vagabondage,
L'essor vers le ciel de l'inconnu.

(De plus en plus sombre, la tête dans ses mains.)

Hélas! pauvre oiseau sauvage,
C'est donc vrai que tout finit,
Et que la tiédeur d'un nid
Va te mettre en cage!

SCÈNE IX

MAITRE PIERRE, LE CHEMINEAU

(Maître Pierre est entré, venant de la droite,
pendant les derniers quatre vers du Chemineau, qu'il a entendus.)

MAITRE PIERRE, lui frappant sur l'épaule.

Ne t'en plains pas. Le nid sera doux.
Et pour que sa tiédeur soit plus douce,
Moi-même j'y mettrai de la mousse.
Puisque tu fus bon envers nous,
Je veux t'en offrir récompense honnête,
Le jour où tu seras l'époux
De la Toinette.

LE CHEMINEAU

Quoi ! tu penses?

MAITRE PIERRE

Mais rien de mal.
Chacun le dit; et c'est normal.
Loin de t'en blâmer, on t'en félicite.

(Minuit sonne à l'horloge.)

Diable ! Minuit tapant !
Je me sauve vite
Nous en redirons deux mots en soupant.

(Il se sauve par la gauche, fermant la porte.)

SCÈNE X

LE CHEMINEAU, FRANÇOIS

LE CHEMINEAU, seul, dans un grand trouble.

Alors on croit ça? Tout le monde !
Peut-être même à la maison ?

5.

(Avec une indignation croissante.)

Et tous ils me donnent raison !
Ah ! Ce serait immonde !
Moi, manger ce pain de Judas
Non ! Non ! Jamais ! Je ne veux pas !

FRANÇOIS, de son fauteuil avec une voix lointaine.

Chemineau !

LE CHEMINEAU

Qui m'appelle ? Qu'est-ce ?

FRANÇOIS, insistant.

Chemineau !

LE CHEMINEAU, revenant à lui.

Ah ? toi, François ?
Tu n'as plus chaud? Oui, je vois, le feu baisse,
Attends, je vais quérir du bois.

FRANÇOIS

Non, reste ! Je suis à mon aise,
Tourne-moi vers la lumière.

(Le Chemineau obéit, le mettant face au public.)

Bien ! Prends une chaise !

(Le Chemineau la prend et l'approche de François à droite.)

Assieds toi ! Bien ! Ecoute. Tu m'entends ?

(Le Chemineau, de la tête, fait signe que oui.)

Sans en avoir l'air, depuis quelque temps
Je comprends tout...

(Le Chemineau veut l'interrompre.)

Laisse ! Laisse !

Ne m'interromps pas.
C'est à peine dans ma faiblesse,
Si je peux te dire tout bas
Des choses qu'il faut quand même
Que je te dise avant l'instant suprême.
Et d'abord, merci !

(Le Chemineau fait le geste de quelqu'un qui ne mérite pas cette gratitude.)

Si ! Si !
Je sais comme
Tu t'es conduit pour tous... ici.
C'est bien, vois-tu ! C'est d'un brave homme !
J'en suis un aussi,
Et donc, ma volonté nette
Est que tu prennes, Chemineau,

(Dans un sanglot.)

A mon doigt, cet anneau...

(La voix s'éteint peu à peu jusqu'à la fin de la scène.)

Pour épouser... Ah ! ce bruit dans ma tête !
Ce brouillard sur mes yeux !...
Je... ne...

LE CHEMINEAU, sanglotant.

Tais-toi, mon vieux !...

(Lui arrangeant la tête sur l'oreiller.)

La tête ainsi, c'est bien ?

FRANÇOIS

Oui, mieux !

LE CHEMINEAU

Dors ! Dors !

FRANÇOIS, suppliant.

Ne t'en va pas !

LE CHEMINEAU, agenouillé.

Regarde.

(La voix couverte de larmes.)

Je suis là. Ne crains rien ! Je te garde.

SCÈNE XI

LES LUGNOTS, FRANÇOIS, LE CHEMINEAU

(Les Lugnots apparaissent derrière les vitres de la fenêtre sous la neige.)

LES LUGNOTS

Lugnots! lugnots! La part à Dieu!
Les petiots vous la demandent.
Vous qu'avez trop, donnez un peu
A ceux qui n'ont ni pain ni flambe,
S'il vous plaît, la part à Dieu!...

Lugnots! lugnots! La part à Dieu!...
N'nous la fait's pas trop attende.
A rester là les pieds dans l'iau,
Le froid des pieds nous monte aux jambes.
S'il vous plaît, la part à Dieu!...

(Pendant le second couplet, le Chemineau s'est levé, s'est appro
ché de la table, a coupé un morceau de porc, l'a mis dans un
quignon de pain, puis est allé ouvrir la porte devant laquelle
viennent les Lugnots.)

LE CHEMINEAU, leur tendant le pain.

Tenez, petits!

LE PLUS AGÉ DES LUGNOTS

Que Dieu vous en guerdonne!

LE CHEMINEAU, montrant François.

Ce n'est pas moi, c'est lui qui vous le donne

LE GRAND LUGNOT, s'avançant.

Ah! le pauvre vieux, dans le grand fauteuil!

LE CHEMINEAU

Oui, venez-là, sous l'auvent, sur le seuil!
Vous aurez moins de neige à la frimousse.
Chantez pour lui!... Votre voix la plus douce.

LE CHEMINEAU et LES LUGNOTS, doucement.

Lugnots! lugnots! La part à Dieu!
Dieu saura ben vous la rende,
Quand nous ferons la guillanneu
Auprès de lui tertous ensembe.
S'il vous plait, la part à Dieu!

(Le Chemineau a cherché dans ses poches et on a tiré une poignée de sous.)

LE CHEMINEAU

Tiens! prends cor ça. Maigre est la somme,
Tu n'en seras pas bien chargé.
Mais hélas!... C'est tout ce que j'ai.
Et bon Noël, mon petit homme!

LE GRAND LUGNOT

Merci!... Merci!...
Et bon Noël à vous aussi!

(Ils s'en vont par la gauche et le Chemineau referme la porte.)

SCÈNE XII

LE CHEMINEAU, LES LUGNOTS

(Pendant la scène suivante, on entendra en sourdine les chants de l'église, les cloches annonçant la fin de la messe, et la cantilène chantée plus loin, des Lugnots.)

LE CHEMINEAU, avec François.

Ah! bon Noël à toi, surtout, qui vas t'éteindre.
Et tu l'auras, car c'est d'atteindre
La fin de tes longs jours vécus en travaillant,
Et de l'atteindre ainsi, bon cœur vaillant.

(S'approchant de François, le considérant et lui touchant légèrement le front.)

Comme il dort calme ! Plus de fièvre !
Aucune angoisse à son front !
Ses chéris à temps reviendront
Pour cueillir sur sa lèvre
Son dernier baiser, son dernier soupir.
Doucement il va s'assoupir
Dans les bras des êtres qu'il aime.
Et ce sera le prix suprême,
La noble fleur,
D'avoir usé sa vie à soutenir la leur !
Ah ! cette mort ne peut être la mienne !
Rien que d'en rêver l'aubaine
C'est un rêve de voleur !...

(Farouche.)

Moi, je suis un grenipille,
Hors la loi, hors la famille,
Un gueux qui doit mourir seul,
Sans baisers et sans absoute,
Et drapé pour tout linceul
Dans le vent de la grand'route.

(Les cloches carillonnent plus fort. Il va ouvrir la porte et regarde
à gauche. A partir de ce moment, jusqu'à la fin, le bruit des
cloches, le cantique de sortie de l'église et la cantilène des
Lugnots feront symphonie, suivant les dernières paroles du
Chemineau.)

LE CHEMINEAU

On sort de l'église.

(Vers François, du seuil.)

Adieu, vieux !...
Tes chers aimés vont te fermer les yeux.

(Avec un profond sanglot.)

Ah ! je les aime aussi !

(En un cri déchirant.)

Toinette !

(En un cri plus déchirant encore.)

Mon gas!

(Se reprenant et résolument.)

Mais si je les revois, je ne pars pas,
Et c'est de partir que ma vie est faite.

(Lyriquement.)

Ah! qu'à leur souvenir lointain
Tout mon cœur s'illumine!

(Dans une exaltation farouche et grandiose.)

Et toi, suis ton destin!

(Il s'en va, les bras au ciel, dans la neige.)

Va, Chemineau, chemine!

RIDEAU

Paris. — L. MARETHEUX, imprimeur, 1, rue Cassette. — 17820.

CHOIX DE PIÈCES

5965. — Imp. Motteroz et Martinet, rue Saint-Benoît, 7, Paris.

www.ingramcontent.com/pod-product-compliance
Lightning Source LLC
Chambersburg PA
CBHW060812180626
46818CB00002B/794